やあ、詩人たち

八木忠栄詩集

思潮社

やあ、詩人たち

八木忠栄

思潮社

もくじ

やあ、詩人たち

acrostic（折句）の試み

あいだつなお

会田綱雄

あとかたもなくそこいらの蟹を喰い尽くし
いつまでもむつびあうふたり。
だんだん女嫌いになるおれも
月夜にひそかに伸ばしたヒゲっ面《つら》で
泣きじゃくりたくもなるさ、
乙女らの不老長寿を願うばかりよ。

あべいわお

阿部岩夫

朝の伝説の底で幽霊たちが踊っているぜ。
べんじょの神たちは
陰毛をしきりに舐めたがるらしいぜ。
わが魂の発作につぐ発作は
沖縄の崖っぷちまでも撃つ。

あゆかわのぶお

鮎川信夫

あんなふうにひとりで
ゆったりソファーに身を沈めて
考えこんでいる人に
私たちはてんでに声をかける——
のぼさん、きよしさん、
ぶそんさん、ばせうさん、
追いかけるうざうむざうたち。

あらいとよみ

新井豊美

あの男のかがやく手首から
駱駝の隊列が出てくるという
いちばん単純な景色をていねいに描く。
ともあれ、春に近い日にはそろって
夜のくだものを、たんと
みなさんも召しあがれ！

あんざいひとし

安西均

あんなにも　ふるさと筑紫の国は
ざらざらしてはるかに遠い。
巌のあいだに身をかくしてから
ひとづまたちは
とぎれとぎれの声寄せあって鳴きだす。
静かにせんかい。

あんどうつぐお

安東次男

安はウカンムリにオンナです——
どよめきが遠い山間からも起こった。
裏山が蜩という名をもつ
津山の街のあめんぼたちに、
愚痴は言わせせない
おとこぶり！

いいじまこういち

飯島耕一

いきなりの上機嫌な高笑ぃが
一日のはじまりを告げ
時間のながれは他人の青空を駆けめぐる。
マーケット　マーケット　マーケット
この裏町でス〜ッと立ちあがる亡霊
上野をさまよってどこまで透視する？
いつも　あのモキツの姿がゆらめきながら
地平線の果てから現われる。

いしがきりん

石垣りん

いつでも若々しくきれいな声で
シジミたちは夜中の台所でしゃべくっている。
がらんどうの土地や家屋は
きのうまでの鬱陶しいものがたり
凜として海を蒲団のようにかぶる。

いしはらよしろう

石原吉郎

位置、それにこだわる男たちは
シベリヤのけものたちの
背後で深くねむる。
ランプだけが赤く赤く
夜のしじまをまさぐり、
しずかに敵の背中をひらくと
ロマ書の一節を唱えたあとで
うまずめたちが声あげて棒を産み落す。

いとうあつむ

伊藤聚

いつも上天気?　上機嫌?
トレーラーから気球に乗りかえて
馬市を見おろす。
あの雲じゃないよ、
罪つくりな撮影所からこぼれている
むずかしいけものみち。

いのうえみつはる

井上光晴

いつか　真昼の
脳天を叩き割りたい、　そんな
飢えた欲望の粒々を
縁起絵巻の股倉に塗りこめてしまったとね。
岬まで追いつめられ
釣りあげられるジャズの旋律が、
派手なマルタンたちの
留守を、　またぞろ襲うとね。

いばらぎのりこ

茨木のり子

いつ　どこででも
ばかものはのっしのっしとあるきまわり、
ラジオは終日
義理人情に追いまわされて
のけぞるばかり。
リュックサックをあけてみれば
これこの通り　大洪水。

いりざわやすお

入澤康夫

出雲の地にひろがる厖大な註の呪ぃ
理屈をこえたフィールドワークで
「ざわ」です、「さわ」ではありません、とくり返します
ワレラノアイビキノ場所ハ
闇の空をどこまでも泳ぐ姉さんのノド
姿かたちはスッパダカダロウト
翁こそ　意恵《おえ》！

いわたひろし

岩田宏

いやな色目があからさまに
わたしの乳くびをふるわす。
たいがいにしてくださりませ　和尚さま
ヒップ鑵にあたればバンプも魅力なし、とは誰が唄った？
老人たちの合唱が谷間に木霊すばかり
しらじらしいかな　思案橋。

おおおかまこと

大岡信

おお　それみよ、
大空から地平の果てまでを
音楽の房でいっぱいにかざり
加舎白雄に添い、加藤楸邨に唱和する。
マリリン　マリーン　ブルー
故郷のおどる水に浮かぶ
トカゲも晴れやかにあそぶ不二の裾野。

おおのしん

大野新

おれをまっくらがりにおとす女と、すれちがい
大声あげて町をはしった。
のどぼとけもわきげもないやつなど
信じられへん、しんちゃん。

おかざきせいいちろう

岡崎清一郎

おーい出てこーい、と呼ばれても
仮面をかぶッた怪物は
在郷を簡単に捨てるわけにはいかん。
キザなヒューマニズムの月が出ると
青年たちは新世界交響楽のオルガンを
いッせいに弾きまくり、
いつしか棒杭に変わッたのぢゃ。
魑魅魍魎どもは
廊下にそッと出てきて
うん、まあ、でござあーい。

おかだたかひこ

岡田隆彦

おとめ座の星だ、などと貴殿が
かわゆいくちびるで吹聴するのを、
誰も彼もがチラと盗み見ては
魂を頭陀袋に勝手に投げこむ。
歌謡曲に色目をつかったあとで
瞳でどこまで泳ぐつもりなのか、
恋人たちはいまだに知らぬ存ぜぬ。

おさだひろし

長田弘

オー　マイ　パパ！
さけぶ狩人たちはひたすら走れ、走れ、
黙ってそれを眺めるだけの
ひとの歴史は何千年もつづく。
老ヨハン・セバスチャン・バッハは言った——
新鮮な旅人たちをブルースで包んでおあげ、と。

おのとおざぶろう

小野十三郎

大阪を　葦の地方を
野の楽隊が行く……クモモナク。
とほうもないねがいを
おれは町はずれまで持ちかえり、
ざらつく夕暮の雑踏へと
舞台のあかりを移した。
老人たちがそこでは笑いさざめき
海蛇の顔したうなぎを次々に釣りあげる。

かとういくや

加藤郁乎

かけこみ寺の裏口から
とんでもない江戸っ子どもが
馬どもをワッセとかつぎ込んでは
幾夜か寝つる。
くりからもんもんの吟難も加わって
やい、荒れるや！

かねこみつはる

金子光晴

海上はるか彼方で
眠る女たちがかたく抱いている
こころを運び去ることの面倒くささ。
みなの衆は心得ているだろうか？
罪なきこがね蟲は飛び、鱶は胸に沈む。
花冷えだってさ
ルンペンも兵隊さんも朝の膳につけ。

かわさきひろし

川崎洋

かろやかなこえで　うたって
わたしのかげによりそうように
さっそく　はくちょうは
きぼうのじゅぴたあになる。
ひとりっきりになったら　どこへともなく
ろじをまがってきえるあなたなんか
しらないよっと。

きじまはじめ

木島始

きみの幼馴染から「あばよ」の一言を
実際につきつけられた。
「まあ、まあ」と
春はあけぼの、をきめこむ。
自由に宙をとびまわってみたけど
めくらねずみが　たった三匹だってさ。

きたむらたろう

北村太郎

北から冬はあっさりすべりこむ。
たちまち　あたりいちめんは
むかしのセンチメンタルな草々のつぶやき
ランボーさんお気に入りの地獄の花ざかり。
泰平の世の崖崩れに呼応して　万国の
老残どもが声はりあげ
歌わんかな、舞わんかな。

きはらこういち

木原孝一

記憶をはみ出す硫黄うずまく島の
原っぱの夜を横切って
ライフルをかまえた男たちの影が動く。
ここには汗まみれの砂が降り
海の魚影は散りぢりに。
いつも彼方は荒れているけれど
ちいさな百舌たちはここへやってくるか?

きよおかたかゆき

清岡卓行

季節のうつろいは早く
陽気な子守唄があちこちで沸騰している。
音楽堂を出入りするバッハさんは
カンタータをほおばって
他国への夢をふくらますばかり。
海峡はるか、
愉快なシネカメラは
今日から明日へと駆けるぞ、駆ける。

くさのしんぺい

草野心平

昏い瞳の蛙や富士を懐中からとり出す。
さっそく煮て焼いて
野仏のみなさまがたに
進ぜようか　アナーキズムのしらべとして。
んんんげげげんんんげげげんんん
ペンだこなんか焼いて食っちまえ！
いい　びりやん　げるせえた。（日本語訳：美しい虹だ。）

くぼたはんや

窪田般彌

九月の祭がはじまりだった。
ぼくもきみも影となって
他人のように
派手に煙を噴きあげる。
ん、ん、ん、ん、
やがて、 きみは楽しいカザノヴァに変身。

くろだきお

黒田喜夫

空想をごしごし鍛えあげたあと
路地は暗がりから暗がりへうねりにうねる。
「奪回をくり返せ」という命令が
木々のあいだをせわしなく走りぬけ
男は台所で無言のまま鬼ッ児を産みおとす。

くろだざぶろう

黒田三郎

車の荷台にしずかな朝を積みあげて
路地で酔っているオトーチャマ。
台所でも酔ってしまうオトーチャマ。
さて、愚かなからくりには愛想を尽かし
無頼をきめこんで、
陋屋から晩春の野っ原へ
打って出る、その意気。

こながやきよみ

小長谷清実

ころげまわる玉ネギちゃん。
ナフタリンが臭って
ガタガタの吟遊詩人たち。
やさしい手紙は猫が読むさ
きみもやがて静岡へ帰るのだろう。
夜のジャガイモを頬張って
身も心も中年過ぎのターザンもどき。

さがのぶゆき

「さようならあ」と言ってから
海霧《ガス》の階段をゆっくり
のぼってくる白髪の紳士ひとり。
葡萄の一房は
夕日をあつめているにちがいない、
希望の時刻表となって。

嵯峨信之

しぶさわたかすけ

渋沢孝輔

新宿の深い夜もやがて溶けだす。
舞台をあっさり彼方の
真田の里へ移そうか。
ワッセワッセの声が舗道から
たかまるケチな無聊のちまたでは
風だけがしなやかに狂って
スーイスイ忍びこみ　あはれ
今朝も立ちあがってくる。

しみずあきら

清水昶

死花咲きみだれる風情嵐山。
水たまりに隠れてさわぐ激情から
ずらかれ！　という秘かな声。
アメリカが燃える。
きみの長いのども、燃えて
乱世をどこまで駆けぬけて行くつもり？

しょうのこうきち

生野幸吉

少年の見果てぬユメが
濃霧のこみちをいたずらに延ばす。
このあたりで飢火をうんと背負って
うずくまるかわいい女たちの
きらきらかがやく
乳房をさがす。

じんぼこうたろう

神保光太郎

授業は訛った独逸語。
ん?　という表情で見わたしても
ぼくらの今日から明日への予兆は見えず
ここだけの四季がめぐる。
うつむきながら、ほら
たそがれが　ものみなに迫りくる。
櫓の音にまじってきこえてくるか、
美しい青春のひらひら。

すがわらかつみ

菅原克己

スパイ、ポプラ、プラタナスたち
硝子の簾がギラギラ波うつブラザー軒で
私も妹も阿呆のように氷を嚙み砕く。
ラジオが練馬南町一丁目の
かどっこの看板を無視して
蔦飼う家をうるさくゆらすのを
見逃がしてはならない。

すわゆう

諏訪優

すばらしい声があやしく立ちのぼる。
わきあがってくるYORUのジャズを刻んでから
夢をいっぱいヒゲにぶらさげ
有象無象どもの娑婆に　バイバイ。

せきねひろし

関根弘

せきにんひろし！　と叫んで　ある詩人は
今日から明日へ　日暦を
念入りにひっぱがした。
ひもじいピーター・パンは
ロシア人におんぶされたまま　夜っぴて
新宿でアンちゃんたちを追いかける。

そうさこん

そんな夜がいくつもつづいていた。
生まれて生きて生まれて生きて
サヨナラはない　サヨナラはいらない。
ここでも　あそこでも
んん？　炎えて崩れるものたち。

宗左近

たかのきくお

高野喜久雄

立ちつくしていることがむずかしいから
神さまはうしろを向いては
野の涯てを撫でまわすのだろう。
きれいだった君はやがて
故郷《くに》を捨て
終りなき戯れ唄を呑みこむわけか?

たきぐちしゅうぞう

瀧口修造

太陽氏のごとく寡黙で
綺羅星のごとくまぶしかった世界は、
紅蓮の炎に抱かれたまま
地球創造説に乾杯！
周到な魔術的接吻ののち
存分の春風にむかって
うるわしい妖精になって歌いだす。

ただちまこ

多田智満子

太陽を運び去らんとする船を
誰がとがめることができましょう?
智恵ある闘技者たちは
マダムの唄とムッシューの鼻唄を燃やし
子供たちを刈りとるばかりです。

たにがわがん

谷川雁

たとえ　そこが天山であろうが
ニッポンの涯であろうが
瓦礫の小さな隙間で声を養う。
わたしの名前は昔も今も　あさっても
ガ、
ン、です。

たむらりゅういち

田村隆一

たいへんな事件だった。
村人たちが次々に
ライオンに襲われたのだ。
離合集散をくりかえす首府。
悠々と言葉の世界をひっくり返して
ウィスキーを干す　あれは
いったい誰？
地球は彼のうちなる野を垂直にころがる。

つじいたかし

唾を吐きかけたくなるような
時代の出鱈目を、おれたちは
異邦人同様の思いで　ここまで
耐えしのんできたわけさ。
カリフォルニアの荒野の夕日に
しばしは　心あそばせていましょう。

辻井喬

つじゆきお

辻征夫

つい隅田川までひとり歩いた。
ジャックナイフをポケットにしのばせ
遊覧船をぼんやり眺めていると
きみの吐く息を吸いたくなってくる。
おれの夜には、星よおまえも……

てらやましゅうじ

寺山修司

寺町から米町をぬけ仏町まで
ラーメン屋をめぐりあるいた少年時代。
病める母を「鬼」と名付け
またまた寝返りをうつ窓のそと、
終列車は　ポーポーポーポー
夢のへりを縫うようによろめきながら
嘘を養い、
時々刻々に声を折りたたみ　走り去った。

ともたけたつ

とけ合うほど愛したい、と呟き
モルヒネを咥えて湖水から
立ちあがってくる尼さんの孤独。
今朝は家族四人で櫂を抱いて歌う。
タロスは恋人の夢のなかへ飛びこみ、
罪の花だけが世界を装うらしい。

友竹辰

なかぎりまさお

ながびいて結着など期待できない
かいしゃの人事査定に対しては
ぎりにんじょうで凍った礫を放ってやれ。
りっぱな歴史を反故にした町長とは
真夜中に釜をかぶっての大出入り
さも、あらば、あれ、
おい　バカモン！

中桐雅夫

ながせきよこ

永瀬清子

何ものも携えず　あなたは
崖から崖へとのぼり
瀬戸の潮流をしばし眺めていた。
黄薔薇だけが足もとにひっそり咲き
「よい時季《とき》よ私に来てくれ」と呟く。
これは女の戦いなのです。

なかたろう

那珂太郎

なみなみならぬなみなみだの奈落へなだれる
髪のかなしみや蜜柑の実を
たましひのかたみと見なしたまへ。
ロンドををどるドロドロの浪人どもが
うつつにうめく海のうたうたふ。

にしわきじゅんざぶろう

西脇順三郎

西日が　川べりに
しゃがむ女たちを照らし出す。
われもわれもとバスケットにしのばせてきた
きんぴらごぼうと
じゅんさいをさっさと食べてから
座敷へ急いでひき返したまえ。
ぶじに帰り着いたら
廊下で神々のわいだんを盗聴しましょう。

のまひろし

のどを破るはばたきのうたは
まひるの深い草地から起きあがる。
ひらいた傷口にひそむ歴史の肥えた蜘蛛に
ロシアの美酒をふるまえば、
白い地平にわが塔はあやしくそそり立つ。

野間宏

はらしろう

原子朗

白骨が初めに登場。
ラシェーズの墓地でひらく
書は「良月」というおたわむれ。
朗朗とその声は地平までも映し出し
卯の花まつり、まっさかり。

ふじとみやすお

藤富保男

船橋を老いたてられた和歌夫婦
「ジタタバタタしてはならじじ」
とがんばってみたけど、せんないと
みごとなくしゃみ。
やおら◇か○か△かと尋ねるや
「Spring is here」と怒鳴るビル・エヴァンス、
おばさんが好きな盗人の赤い尾。

（註：語尾も「ふじとみやすお」となっています）

みよしとよいちろう

三好豊一郎

みもだえしながら吠えては
夜の底に集まってくる
囚人たちの可愛いはげあたま。
友よ、わが友よ、
酔いざめの岸辺から帰還したら
イエスの腰のまわりを
血と水虫で美しく飾りたて、
牢獄から闇を覗いて見よ。
馬の尻に虻が舞い狂っておるぞ。

むらたまさお

村田正夫

むらおさは、毎朝
ラジオ局の屋上から
大衆に「ナポリを見て死ね！」とくり返す。
まあ、まあ、
酒でも飲みながら例の「勧進帳」を
おおいにご所望なされませ。

むらのしろう

村野四郎

むかいの鎮守の裏手の藪から
ラジオ深夜便が聴こえてくる
のいえざはりひかいとのざわめきかしらん。
鹿がひたいを洗っている森で
老婆もリルケさんも立ちあがる。
うしろの正面　だあれ？

やまもとたろう

山本太郎

柳川に舟を浮かべて
まぁ一杯としゃれようや。
もう日は暮れるばかり
友どちはみな　きちげぇ風を座布団にして
たわぶれに酒という智恵を振りまわす。
老若ともに　神のしぐさを真似て
うたげは尽きない。

やまもとてつや

山本哲也

闇がガーゼよりも薄くなり
まぶしい歳月を、きみは
もう名づけようとしないだろう。
皆も労働も幻影も
（てごわいよなあ）と
つぶやくまっすぐな声がこだまし
やかましいぞ、国ざかい。

よしおかみのる

夜の器がはじまりだった――
静かな家を愛する唇たちが
大急ぎで思い出し笑いを連発。
かたむく塩首たちのえろちっくで
みごとなそろい踏み。
のるかそるかの喪神川あたりを
流浪する乳母車に敬礼。

吉岡実

よしだいっすい

吉田一穂

「よしだはおらん！」と
詩人みずからが家の中から応答した、と
誰かに教わったエピソード。
家の暗がりでは半眼微笑、
津軽海峡から染めあげる麗はしい距離《デスタンス》、
ストライキからダイナマイトに到る緑地を
いかにせん、いかにせん。

よしのひろし

吉野弘

夜ふけに若い母親は起ちあがると
しきりに娘の背中をさする。
軒下にぶらさがった闇の棒きれたちは眠れない。
昼さがりに、「アナノアイタシュウリ」と鍋屋が
路地を行きつ戻りつした挙句
消息を絶つ。

よしはらさちこ

吉原幸子

夜を赤あかと刻みこみ、
死を冷たくていねいに飾り、
花びらを容赦なく食べるさちこ幸い。
雷鳴と切り出しナイフがほしくて
さむい地平までさまよいつづけるバイク。
血の旋律が今も悲鳴のように
コップから湧きあふれてやまない。

よしもとたかあき

吉本隆明

夜が遡って夕刻に転換するとき
幸せな街は声をかぎりに
もう歌いはじめているさ。
鳥たちは純情で　みな素っ裸になって
たそがれの河べりにならび
かわいいのどをしごいている。
アジアの果てのわいせつな路地で
きみは最期の笑いを舐めて凍らす。

よしゆきりえ

呼ばれているのは　私ではなく
白い人のようです。
夢でないことはたしかです。
きみはせわしなく空に舞いあがり、
理由もなく幻の雲のように
永遠に季節のなかにひそんでいます。

吉行理恵

わしすしげお

鷲巣繁男

われら、なべて愚者。
シャンソンをうたへ、ダニールのために
すべては遠く去りゆく
師だけが死して蘇り、また死す。
幻影となつては群れさまよふ。
お母さん。

あとがき

二十四歳のとき詩の出版社につとめて以来、私の世界は想定外の広がりと展開をしてきた。なかでもいちばん大きかったのは、多くの詩人を中心とした人たちとの、公私にわたる出会いを重ねてきたことである。

生来他人と接することが苦手な私にとって、「否」も「応」もなかった。やさしい詩人、たのしい詩人、きびしい詩人、苦手な詩人……いろいろだった。新鮮で、学ぶことが多かった。良いことも悪いことも学んだ。だからこそ、つらいことがあっても、何年もつづけられた。

それらの詩人たちも、時とともに岸を移された。こちらは此岸で馬齢を重ねるばかりである。詩人たちとの別れを惜しみつつ、ただ見送っているだけでいいのか——。物故詩人たちを回想しながら、もう一度詩人たちに自分なりに接近してみたい。思い立ったのが acrostic（折句）というスタイルによる試みであった。生前お会いした物故詩人（に限った）に捧げる、遊び心に裏打ちされた挨拶である。私の一方的で個人的な挨拶。本書に収めた以外にも、挨拶したい詩人が何人もいらっしゃるけれど、収めきれなかったことをお詫びいたします。

　彼岸でも安閑としていないあなたが一読したら、表情を曇らせて、迷惑がるかもしれない。勘弁してください。今の私の偽りない気持ちなのです。これらを書いている時間は、至福のひとときだったことを白状します。

　どうか当の故人ばかりでなく、ご遺族の方々のご理解とご寛恕をこの場でお願いします。

　すばらしい装画をくださった辻憲さん、担当してくださった髙木真史さん、ありがとう。

二〇一九年三月十日　　　著者

装画＝辻憲
装幀＝著者

やあ、詩《し》人《じん》たち

著者

八木《やぎ》忠栄《ちゅうえい》

発行者

小田久郎

発行所

株式会社思潮社

〒一六二―〇八四二　東京都新宿区市谷砂土原町三―十五

電話〇三（三二六七）八一五三（営業）・八一四一（編集）

FAX〇三（三二六七）八一四二

印刷・製本

三報社印刷株式会社

発行日

二〇一九年六月十五日